पलसा : द ओरिजिन ऑफ लाइफ COLOR

विवेक कुमार पांडे शंभूनाथ

पलसा : द ओरिजिन ऑफ लाइफ

आखिर क्या था पलसा का सच्चाई । जीवों पर जुर्म करना पाप होता है । 100 साल का तपस्या कैसे भंग हो गया । क्यों भगवान विष्णु को स्वयं आना पड़ा साधु के अवतार में। लाखों-करोड़ों जीव - जंतु की जान को खतरा उनकी जान कौन बचाएगा। आपको हम ले चलेंगे एक काल्पनिक रचयिता दुनिया में।

इस किताब को लिखने के दौरान कोई भी व्यक्ति, समाज एवं संस्कृति को ठेस नहीं पहुंचाया गया है। यह एक काल्पनिक रचयिता कहानी जिसे विवेक कुमार पांडे शंभूनाथ जी ने लिखा है ।

क्रम-सूची

प्रस्तावना

सुचना : इस कहानी को लिखने के दौरान कोई भी धर्म या जाति एवम् किसी भी परिवार के सदस्य को नुकसान नहीं पहुंचाया गया है . हम किसी भी धर्म या जाति , समाज , संस्कृति को ठेस नहीं पहुंचाना चाहते हैं . इस किताब को लिखा है श्री विवेक कुमार पांडे शंभूनाथ जी ने .

भूमिका

लेखक की जीवनी :

मेरा नाम विवेक कुमार पांडे है और मैं एक लेखक हु , में गुजरात के सुरत में निवास करता हूं.मेरा जन्म ३० सेप्टेंबर २००२ में हुआ था, और मुझे बचपन से एक्टर बनने का सोख रहा है और अभी भी है.। में कभी ये नहीं सोचता की लोग क्या कर रहे हैं में ये सोचता हूं कि में क्या कर रहा हूं, में आज सफल हूं तो अपने पापा की वजह से आज वो रहते तो उन्हें बहुत खुशी होती , वो सदा और हमेशा मेरे साथ रहेंगे.। मेरे रियल लाइफ के सुपरस्टार और सुपर हीरो मेरे प्यारे पापा है । आई लव यू पापा । पापा को मेरे हाथ कि चाय बहुत अच्छी लगती थी ।

जब उनका मन करता था चाय पीने के लिए तो वो कहते थे । मुझे चाय पीना है कौन बनाएगा मम्मी कहती में बना देती हूं लेकिन पापा कहते नहीं मेरा बेटा बनाएंगा । उसके हाथ कि चाय मुझे बहुत अच्छा लगता है । जब भी काम करके घर आने वाले होते हैं तब मुझे फोन करते है विवेक बेटा बोलो क्या खाओगे सेब ले लु । में कहता ठीक है पापा ले लिजिए । पापा कहते कितना लू एक किलो या 2 किलो । में कहता नहीं पापा सिर्फ में ही खाता हूं भईया और दीदी को फल अच्छा ही नहीं लगता है इसलिए 3 सेब ले लेना । लेकिन पापा मेरे लिए दो तीन किलो फल लेकर आ ही जाते थे । पहले ले लेते फिर मुझे फोन करते । हमेशा ऐसा ही करते थे ।

में ये नहीं कह रहा हूं कि मुझे बहुत ज्यादा प्यार और मानते थे । वो अपने तीनों संतानों को प्यार करते थे । सबसे छोटा तो में ही था घर में , मुझसे बड़ी मेरी बहन और मेरी बहन से भी बडे मेरे भईया । में आज भी वो दिन का इंतजार कर रहा हूं जब पापा मेरे लिए कुछ लेकर आएंगे । मेरे कान तरस रहे है वो आवाज़ सुनने के लिए । लेकिन कहते हैं जो चीज चली जाए वो कभी लौटकर नहीं आती है । आप सभी से निवेदन है आप अपने मम्मी और पापा का ध्यान रखें । दुनिया में एक ही भगवान है वो है माता ओर पिता ।

में बहुत ही शरारती था बचपन में । मुझे किताब लिखने का शोख बचपन से ही था । जब में तीसरी कक्षा में पढ़ता था । तब से ही किताब लिखता था में और मेरा दोस्त हम दोनों किताब लिखके सभी को दिखाते थे और कहते थे जिन्हें मेरा किताब अच्छा लगे तो अपना हस्ताक्षर कर दे । मेरे अंदर एक बहुत ही खास विशेषता है में किसी के चक्कर में नहीं रहता हूं । कौन क्या कर रहा है करने दो मुझे कुछ फर्क नहीं पड़ता है । मुझे सिर्फ अपने आप पर ध्यान देना है ।

क्योंकि दुनिया में ऐसे भी लोग हैं जो नहीं खुद कुछ करना चाहते हैं और नहीं दुसरो को कुछ करने देना चाहते हैं । एक बात ध्यान रखें अगर आप कोई भी नया काम करते हैं तो पहले लोग ताना मारते ही है । ये मत करो वो मत करो तुम्हारे बस कि बात नहीं है , तुम नहीं कर सकते हो . मुझे यह पता नहीं चलता लोग इतना सुझाव क्यों देते हैं । हमें जो करना है हम वहीं करेंगे । कई लोग हैं जो दुसरो के कहने पर वही करते हैं लेकिन मैं आपसे कह रहा हूं आप जो करना चाहे वो करे किसी के कहने पर खाई में मत कुदे । आपकी जिंदगी आपके ही हाथों में है लोगों के हाथों में नहीं है ।

मेरा बस एक ही सपना है की में नाम कमाकर अपने पिताजी का अधुरा सपना पूरा करूं ।

1

पलसा : द ओरिजिन ऑफ लाइफ Color

सुचना : इस कहानी को लिखने के दौरान कोई भी धर्म या जाति एवम् किसी भी परिवार के सदस्य को नुक्सान नहीं पहुंचाया गया है . हम किसी भी धर्म या जाति , समाज , संस्कृति को ठेस नहीं पहुंचाना चाहते हैं . इस किताब को लिखा है श्री विवेक कुमार पांडे शंभूनाथ जी ने .

कहानी की शुरुआत करते हैं अंत में कुछ विशेष इतिहास लिखा गया है उसे भी जरुर पढ़े . आखिरी तक चलेंगे इतना तुम्हें क्यों पढ़ें यह कहानी और यह किताब सभी को शेयर करें एस बर्थडे गिफ्ट . क्या आप ने कभी शब्दों और कल्पनाओं की दुनिया में डूब कर देखा है? पढ़ने का शौक अपना कर देखिए, किताबें आप को तनाव ओर जीवन की चिंताओं से दूर ऐसे अनूठे संसार में ले जाएंगी कि आप हैरान रह जाएंगे. कुछ देर ही कुछ भी मनपसंद पढ़ने के बाद आप का मन इतना हलका हो जाएगा कि आप स्वयं में उत्साह, ऊर्जा का अनुभव करेंगे. बारिश का मौसम हो, एक कप चाय और हाथ में अपनी मनपसंद किताब, एक बार इस अनुभव का आनंद अवश्य ले कर देखें.

आपकों भी लेकर जाएंगे एक काल्पनिक रचयिता दुनिया में। उस जगह का नाम है पलसा: द ओरिजिन ऑफ लाइफ ।

पात्र :

1. ढिभन (महिला, तारखी की पत्नी)
2. तारखी (ढिभन का पति)
3. विवेक कुमार पांडे (लेखक)
4. विधाना (वन संरक्षक)
5. अंतरी (तारखी की बेटी)
6. पोखर (शेषनाग)
7. संत ज्ञानेश्वर महाराज (एस विष्णु भगवान)

यह कहानी है 1782 कि है,पढ़ंगे तभी कहानी का क्लाइमैक्स समझ आएगा. ।

एक ऐसी अजीबोगरीब जगह जहां से शुरूआत होती है एक नई जगह की पलसा ओरिजिन ऑफ़ लाइफ. एक ऐसी अनोखी दुनिया जहां पर यह लोग वाश करते हैं. ।

ढिभन : अरे कोई मेरी भी बात सुन लो यहां से चलते हैं दूसरी जगह पर वरना अगर अंधेरा हो गया तो फिर जाना असंभव होगा .

तारखी : तुम हमेशा की तरह बहुत जल्दबाजी करती हो . शाम को ही चले जाएंगे तो क्या हो जाएगा तुम्हें कोई खा जाएगा .

ढिभन : आप मेरी सुनते ही कहां हो रहो मुझे क्या है .

तारखी : अगर मैंने कसम नहीं खाया होता तो मैं चला जाता है यहां से लेकिन कुछ राज है और खास है . तो मै इसे छोड़ कर कैसे चला जाऊं कुछ समझा करो .

अंतरी : रहने दीजिए पिताजी आप मम्मी को मत समझाइए , उनको समझाना बहुत ही कठिन है .

ढिभन : तुम बाप और बेटी दोनों एक जैसे ही हो . चलो आज कुछ बंदोबस्त करते हैं.।

तारखी : अब कौन सा बंदोबस्त करना है तुम्हें , अंधेरे में निकले तो जंगली जानवर खा जाएंगे ।

ढिभन : वाह रे वाह अभी तो बड़ी शान के साथ कह रहे थे कि भले अंधेरा हो जाए लेकिन हम जाएंगे. अब क्या हुआ ?

तारखी : कौन सा बंदोबस्त करना है मुझे बताओ.

ढिभन : तुम बाप और बेटी दोनों के दोनों गधे ही रह जाओगे.

अंतरी : मां तुम साफ साफ बताओ क्या कहना चाहती हो . बात को घुमाओ मत.

ढिभन : अरे रात को भूखे पेट सौ जाएंगे कि खाने पीने का बंदोबस्त होगा कि नहीं ।.

तारखी : अरे मैं अभी जाकर लेके आता हूं. कृपया करके तुम शांत रहो ।

अंतरी : क्या मां तुम भी इतनी छोटी सी बात को इतनी बड़ी बना देती हो और फिर हमें चिंता में डाल देती हो ।

ढिभन : ठीक है अब ज्यादा मुझे मत समझाओं बाप और बेटी वरना में समझाने बैंठी तो तुम्हें बहुत तकलीफ़ होगा. तुम जाते हो की नहीं !

तारखी : जा रहा हूं.

(तारखी वहां से चला जाता है)

अंतरी : मां तुम क्यों हमेशा गुस्सा में रहतीं हो.

ढिभन : पता नहीं कब छुटकारा मिलेगा इस दुनिया से हमें. इसलिए गुस्सा हुं . में वहां अपने दुनिया में तब कितने आराम से अपने स्वर्ग से घर में रहती थी. हर रोज पीजा, पानी पुरी, भेल खाती थी अब तो वो भी नसीब नहीं हो रहा है. यहां सिर्फ गास, फल , फुल खाने को मिल रहा है. आखिर हम कब आजाद होंगे इस दुनिया से मुझे अपने पृथ्वी पर जाना है।.

अंतरी : मां हम कुछ नहीं कर सकते हैं. गलती तो हमारी ही थी. कभी ना कभी मुक्त होंगे मां आप चिंता मत करो. ऐसी कोई बात नहीं है कि मुझे भी आइसक्रीम खाने का मन नहीं करता है. लेकिन क्या करें मजबूरी

है।.

ढिभन : कोई बात नहीं चलो अब घर के अंदर अंधेरा हो रहा है. तुम्हारे पापा खाना लेकर आ जाएंगे ।.

अंतरी : हां मां चलो घर के अंदर बारिश भी आने वाला है, काले बादल छाए हैं ।.

ढिभन : हां अंतरी चलो घर के अंदर. एक बात तो है हमारे घर में कोई भी मांसाहारी नहीं । हम सभी शाकाहारी हैं ।

(काले बादल छाए हुए थे और हवा भी तेज़ी से बह रहा था, थोड़े समय बाद बारिश होने लगा. तारखी बहुत सारे फल और मटका में पानी भर कर लाए थे.)

अंतरी : मम्मी - पापा आ गए.

ढिभन : आज भी आपको सेब,आम, अंगूर ही मिला थोड़ा ओर आगे जाकर बढ़िया फल लेकर आते.

तारखी : एक तो बारिश हो रहा और तेज़ हवाएं चल रही है. कैसे लेकर आता फल. कल एकदम नया - नया और ताजा फल लेकर आऊंगा , आज यही खा लेते हैं।.

ढिभन : हा आज यही खाकर सौ जाते हैं।

(खाना खाने के बाद आराम से बाहर का नजारा देखते कुछ बातें कर रहे थे)

तारखी : ढिभन पता नहीं हम कब तक यहां इस दुनिया में रहेंगे, मैंने कोई जानबूझकर गलती तो नहीं कि चलो कोई बात नहीं. मुझे भी यही लग रहा है अब हम यही दुनिया में रह जाएंगे.

ढिभन : कोई बात नहीं जी आप इतना मत घबराईए सभ कुछ सही हो जाएगा. हमारी बेटी अब तो स्कूल भी नहीं जा सकती है उसकी पढ़ाई बर्बाद हो रही हैं, ऊपर वाले कि मर्जी वहीं है।

तारखी : में चाहता था कि मेरी बेटी पढ - लिखकर शिक्षक बने पर वो सपना अधुरा ही रह जाएगा मुझे लगता है।.

ढिभन : मुझे लगता है यहां पर कोई भी नहीं है हमारे अलावा, आप को क्या लगता है ?

तारखी : कोई तो होगा जरूर हम अकेले नहीं हैं। चलो अब सौ जाओ सुबह में बात करेंगे वैसे भी मौसम बहुत ही खराब है।

अंतरी : अगर नहीं भी होगा तो कोई भी डर नहीं है। पिताजी मुझे तो आज पांव भाजी खाने का मन कर रहा है।

तारखी : बेटी मन तो मेरा भी कर रहा है । मुझे आज पनीर टिक्का खाने का मन कर रहा है वो भी फाइव स्टार होटल में लेकिन यह हो नहीं सकता है। जब हम यहां से निकलेंगे तभी खा सकते हैं ।

ढिभन : पता नहीं और कितने दिनों तक रहना पड़ेगा इस जंगल में ।

तारखी : जानती हो ढिभन ये जिंदगी हमारे साथ अब खेल रही है । लेकिन हमको क्या पता था वह बाबा तपस्या कर रहे थे ।

ढिभन : बाबा ने हमारे साथ गलत किया।

(तारखी के परिवार वालों ने पुलिस में एफ आई आर दर्ज कर वाया । तारखी के पिताजी पहुंचे थे पुलिस स्टेशन । पुलिस स्टेशन में हलचल मचा दी तारखी के पिताजी ने।)

कमलेश : अब जल्दी से एक एफ आई आर दर्ज कीजिए । मेरा बेटा और मेरी बहू और मेरी पोती कई हफ्तों से गायब है । पता नहीं कहां चले गए या किसी ने उनका अपहरण कर लिया । आप मेरी मदद कीजिए ।

पुलिस : आप निश्चिंत रहें । हम अपना काम अवश्य पूरा करेंगे । बस आप हमें अपने बेटा, बहू और पोती का फोटो जमा करवा दें । आप मुझे बता सकते हैं वो घर से कब और कहां गए थे ।

कमलेश : वह कह रहे थे। मैं किसी महाराज के आश्रम में जा रहा हूं ।

पुलिस : उस महाराज जी का नाम क्या है ।

कमलेश : उनका नाम संत ज्ञानेश्वर महाराज है । (कमलेश फिर अपने मन में सोचने लगा शायद मुझे वहीं पर ढूंढ ने जाना चाहिए था) ठीक है सर में चलता हूं ये लीजिए फोटो। जितना जल्दी हो सके उतना जल्दी मेरे बेटा और बेटी को ढूंढीए (चिल्लाते हुए)

पुलिस : देखो चिल्लाओ मत ये पुलिस स्टेशन है।

कमलेश : क्यों मत चिल्लाओ, एक तो दो घंटे से बाहर बैठा हु पर कोई सुनता ही नहीं है मेरी बात को। कब से बोल रहा था ,सर मुझे एफ आई आर लिखवाना है। थोड़ी देर रूकिए कहते - कहते दो घंटे कर दिए ।

पुलिस : तेवर दिखाने की जरूरत नहीं है । ज्यादा होशियारी अपने घर में दिखाना । अगर नहीं लिखता एफ आई आर तो क्या कर लेते ।

कमलेश : तुम घुसखोर पुलिस वाले ऐसे ही होते हैं । नौकरी हो जाए तो ज्यादा अक्कड़ दिखाते हैं ।

पुलिस : तो तु भी बन जा पुलिस । ले ये तेरा एफ आई आर इधर ही फाड़ दिया। अब बोल क्या करेगा।

(कमलेश ने पुलिस वाले की जेब से बंदुक निकाल कर उस पुलिस वाले को उधर ही ठोक दिया ।)

कमलेश : अगर मेरा काम नहीं हुआ तो पूरा का पूरा पुलिस डिपार्टमेंट की कहानी खत्म कर दुंगा । तुम लोगों को कुछ ज्यादा ही घमंड है। जहां क्राइम और खुले आम लड़कियों का बलातकार हो रहा है लेकिन कोई पुलिस वाला एक्शन नहीं ले रहा है। सभी के सभी डरपोक है । मेरा काम नहीं हुआ तो में फिर आऊंगा ।

(एसपी साहब चाय पीते - पीते अंदर आए।)

एसपी साहब : यहां क्या हो रहा है और किसने ये एनकाउंटर किया हमारे ऑफिसर का ।

कमलेश : मैंने किया । क्या उखाड़ लोगों तुम मेरा। साला कब से भौंक रहा था लेकिन कोई सुनता ही नहीं है । ये साला तेरा ऑफिसर बैठकर चाय पी रहा था लेकिन एफ आई आर दर्ज करने में मुझे दो घंटों से इंतजार करवाया। कितने लोग बाहर इंतजार कर रहे थे। सभी इसे साहब कह रहे थे पर ये सरकारी कुत्ता सुनता ही नहीं है, कमिशन मांग रहा है ।

एसपी साहब : तो तुमने इसकी जान ले ली । जानते हो तुमने गुनाह किया है। सजा भी मिलेगा तुम्हें ।

कमलेश : जिसको जो उखाड़ ना है उखाड़ ले। नहीं में तुम्हारे बाप का खाता हुं नहीं तुम मेरे बाप का खाते हो। चलता हूं फिर से आऊंगा अगर मेरा काम नहीं हुआ तो। जय हिन्द (कमलेश के जाने के बाद)

एसपी साहब : हमारे होनहार ऑफिसर को मार के चला गया वो तुम लोग क्या कर रहे थे । उसे रोक नहीं सकते थे । तुम्हारे हाथ - पैर नहीं है तुम सभ के सभ अपाहिज हो।

कोंस्टेबल : सर हम क्या कर सकते हैं । हम सभी को उन्होंने चेतावनी दी थी की अगर मेरे बिच में कोई भी बोला तो भगवान को प्यारा हो जाएगा। इसलिए हम कुछ नहीं बोल रहे थे । आपको एक्सन लेना चाहिए था की नहीं आप क्या कर रहे थे। क्या आप भी अपाहिज हैं।

एसपी साहब : जबान संभाल कर बोल । ठोक दो जाके उसको भी ये मेरा ओर्डर है । जाओ मेरा मुंह क्या देख रहे हो कहीं भी मिले उसकी कहानी खत्म करो वरना में तुम सभ की कहानी खत्म करूंगा।

(एक नयी उम्मीद भरी किरणें सुबह चारों ओर जोश और उत्साह कि लहरें लेकर आती है। लेकिन बाबा बहुत ही क्रोधित होकर बाहर बैठे थे। पोखर धीरे - धीरे घर में प्रवेश करने कि कोशिश कर रहा था।.)

संत ज्ञानेश्वर महाराज : मुर्ख व्यक्ति तुम बहुत ही आलसी हो अपना काम करने के लिए दूसरों कि मदद लेते हो, तुम्हारी एक ग़लती के चलते सभी को भुगतान करना पड रहा है ।

पोखर : महाराज जी मुझे माफ कर दीजिए मुझे क्या पता था उन लोगों का। में तो यही सोच रहा था आपका तपश्या पुर्ण हो गया अब आप सभी को आजाद कर सकते हैं।

संत ज्ञानेश्वर महाराज : मुर्ख हो तुम तुम्हारी करनी के चलते बिचारे कई लोग पलसा में अपनी जिंदगी काट रहे हैं।

पोखर : महाराज उसका कुछ उपाय है आपके पास।

संत ज्ञानेश्वर महाराज : नहीं है उपाय ।

पोखर : तो क्या वह लोग कभी वापस नहीं आएंगे.

संत ज्ञानेश्वर महाराज : लग तो मुझे भी रहा है लेकिन जो भी हुआ सभ तुम्हारी मुर्खतापूर्ण से एक काम भी ढ़ंग से नहीं कर सकते हो ।

पोखर : मैंने जानबूझ कर तो नहीं किया था गलती.

संत ज्ञानेश्वर महाराज : अच्छा तुमने गायों को खाना दिया है या नहीं ।

पोखर : नहीं महाराज अभी थोड़ी देर पहले तो मैं उठा था अभी जाकर दे दुंगा ।

संत ज्ञानेश्वर महाराज : लापरवाही कि भी हद होती हैं जो तुमने पार कर दी है, अब जाओ मेरा मुंह क्या देख रहे हो जाकर खाना दो गायों को

।

पोखर : जी महाराज

(तभी एक महिला महाराज से मिलने के लिए आई ।)

महिला : नमस्ते महाराज जी मुझे आशीर्वाद दीजिए ।

संत ज्ञानेश्वर महाराज : सदा खुश रहो और सदा सुहागन रहो मेरी पुत्री, बोलो कैसे आना हुआ ।

महिला : महाराज मैं कई दिनों से परेशान हूं , मेरे बेटे की तबीयत ठीक ही नहीं हो रही है । बुखार छुटने का नाम ही नहीं ले रहा है अब बताइए मैं क्या करूं । मैंने बड़े से बड़े हॉस्पिटल में अपने बेटे को दिखाया पर वहां उसका इलाज नहीं हो पाया महाराज जी एक आप ही हैं जो मेरे बेटे को ठीक कर सकते हैं ।

संत ज्ञानेश्वर महाराज : बस इतनी बात है लो यह जड़ी बूटी अपने बेटे को पिला देना उसके थोड़े समय बाद देखना तुम्हारा बेटा ठीक हो जाएगा ।

महिला : जैसा आपका है महाराज जी आपका बहुत-बहुत धन्यवाद । ठीक है मैं चलती हूं मेरा बेटा इंतजार कर रहा होगा।

संत ज्ञानेश्वर महाराज : अवश्य जाओ । घबराना मत तुम्हारा बेटा ठीक हो जाएगा । (महिला के जाने के बाद फिर महाराज पोखर को आवाज देते हैं ।)

पोखर : जी महाराज ।

संत ज्ञानेश्वर महाराज : गायों को खाना दे दिया तुमने ।

पोखर : हां महाराज गायों को खाना दे दिया है मैंने .। महाराज जी आप भोजन कब करेंगे कहे तो मैं अभी सारे फल लेकर आ जाऊं । आप भोजन कर लीजिए पहले ।

संत ज्ञानेश्वर महाराज : नहीं अभी नहीं रहने दो, मैं तो अभी भी सोच में पड़ा हुआ हूं कि विचारे जो पलसा फंसे व्यक्ति वह कैसे अपनी जिंदगी काट रहे होंगे क्या पता उधर उनको खाने के लिए भोजन मिल रहा होगा या नहीं ।

पोखर : महाराज जी आप ही तो मुझे बता रहे थे । वहां पर खाने की कमी नहीं होगी ।

संत ज्ञानेश्वर महाराज : भले खाने की कमी नहीं होगी लेकिन वह अजीब सी दुनिया देख कर हैरान हो गए होंगे । शायद वह भूल मुझसे ही हो गया मैं ही उनका दोषी हूं । क्या पता वह अपनी दुनिया में कब तक आएंगे ।

पोखर : देखना महाराज जी एक दिन जरूर वह लोग अपनी दुनिया में आ जाएंगे भगवान उनपर कृपा जरूर करेंगे ।

संत ज्ञानेश्वर महाराज : देखते हैं भगवान की महिमा कहां तक सीमित है । मुझे लगता है कि भगवान की महिमा उन लोगों पर कभी नहीं होगा यह महिमा हमें खुद या उनको खुद करना पड़ेगा तभी वह पलसा से बाहर निकल सकते हैं । मेरे 100 साल का तपस्या भंग कर दिया तुमने.

पोखर : महाराज जी मैं क्षमा चाहता हूं मैंने यह जानबूझकर तो नहीं किया अगर मुझे पता होता कि वह लोग वहां पर आ रहे हैं तो मैं उन्हें रोकता जरूर पर अब होनी को कौन टाल सकता है। अब बस भगवान से उम्मीद लगाए रखिए .

संत ज्ञानेश्वर महाराज : पलसा में कई पशु- पक्षी फंसे हैं। उनकी जिंदगी बचाने के लिए मैंने 100 साल का तपस्या किया पर वह तपस्या का परिणाम मुझे नहीं मिल पाया .।

पोखर : महाराज जी आप इतना चिंतित मत हो ही है जो होगा वह अच्छा होगा । इंसान से जिंदगी में सिर्फ एक ही बार भूल होता है । भूल चाहे एक बार हो दो बार हो या तीन बार हो या हजारों बार हो कभी ना कभी उसे उस भूल का सीख जरूर मिलेगा । आप कृपया करके अपने आप को दोषित साबित मत कीजिए और क्रोधित मत होइए .।

संत ज्ञानेश्वर महाराज : चिंतित तो होना पड़ेगा क्योंकि उनकी जिंदगी का सवाल है वह विचारों का कुछ दोष नहीं । वह वापस तो आ सकते हैं लेकिन मुश्किल है । तुम जाओ पहले फल लेकर शहर में सभी भूखे बच्चों को फल बांट देना । फल देने में कंजूसी मत करना क्योंकि तुम जानते हो हमारे पास एक ऐसा पेड़ है जिस पर फल कितनी बार भी तोड़ ले फिर वापस से तुरंत फल लग जाते है।

पोखर : जी महाराज आप जैसा कहें मैं शहर में जाकर सभी भूखे बच्चों को फल बांट दूंगा । आज्ञा दीजिए महाराज .

संत ज्ञानेश्वर महाराज : मैं तुम्हें आज्ञा दे रहा हूं जाओ लेकिन कोई भूल मत करना । मैंने आज्ञा तुम्हें सफल काम के लिए दिया है और असफल काम मत करना .

पोखर : जी महाराज।।

(पोखर फल लेकर शहर में भूखे बच्चों को फल बांटने चला जाता है । और यहां तारखी का परिवार हालत से जूझ रहे थे ।)

तारखी : सुनो अब उठती हो कि नहीं सुबह हो गया है । कब तक सौओगी यह शहर नहीं है तुम्हारा . उठो और थोड़ा बाहर वातावरण को देखो कितना शीतल और कितना मधुर लग रहा है । हवाएं भी शुद्ध बह रही है .

ढिभन : आप फिर से चालू हो गए सुबह से बकबक - बकबक करते ही रहते हैं । मैं जल्दी उठ कर क्या करूं इमारत बनाने जाऊं या पहाड़ खोदकर नदी बनाने जाऊं। खुद सो लिए तो सब को उठा देंगे । आपकी ही करने की वजह से आज हम इस जंगल में भटक रहे हैं । पता नहीं इस जंगल में कोई है भी या नहीं ।

तारखी : अगर जल्दी उठ जाओगी तो तुम्हें कोई दिक्कत है क्या। पानी पुरी ,बर्गर ,पिज़्ज़ा खाने में तो तुम कभी पीछे नहीं हटती हो। और बार-बार मुझपर दोष मत लगाओ चलो एक समय के लिए मान लिया कि मेरी भी गलती थी फिर तुमने क्या किया तुमने भी तो वही किया ..

अंतरी : पापा - मम्मी आप फिर से शुरू हो गए । यहां से निकलने का रास्ता निकालिए दोष मत ठहराईए एक दूसरे को . मैं अब उठ भी जाओ कितना सौती हो तुम.

ढिभन : अच्छा होता तुम बाप और बेटी यहां पर आ जाते कम से कम पूछा तो छूट जाता तुम दोनों से शांति मिल जाती मुझे . मुझे भी पता है उठना है , थोड़ी देर बाद ही उठ जाती तो तुम्हारे पिताजी को खुजली हो रही है .

अंतरी : बस मां हो गया । आप दोनों कितना झगड़ते हो. चलिए पिता जी मैं आपके साथ फल लेने चलती हूं आज कुछ नए नए फल लेकर

आएंगे .।

तारखी : उसकी कोई जरूरत नहीं है मैं फल लेकर आ गया हूं । एकदम ताजे - ताजे और एकदम नए - नए फल लेकर आया हूं ।

ढिभन : भूख तो मुझे बहुत लगा है । आप सच बोल रहे हैं आप नए नए फल लेकर आए हैं । आप बहुत अच्छे हैं , में भगवान से कहती हुं आपके जैसा पति सभी को दे ।

तारखी : देखा अंतरी तुम्हारी मम्मी को मुझसे काम था तो मुझसे कितना प्रेम से बात कर रही है । अगर हमेशा से मुझसे प्रेम से बोलती तो मुझे कितना अच्छा लगता पर मेरा नसीब ही खराब है ।

ढिभन : ओ जी मुझे माफ कर दीजिए आज से मैं आपसे हमेशा प्रेम से बात करूंगी । आई लव यू ।

तारखी : आई लव यू टू । चलो खाना खा लेते हैं और रास्ता ढूंढते हैं यहां से निकलने का ,हमारी बच्ची का पढ़ाई बर्बाद हो रहा है । जितना जल्दी हो सके हमें उतना जल्दी यहां से निकलना पड़ेगा । पता नहीं इस जंगल में कोई तो होगा जो हमें रास्ता बता दे यहां से निकलने का .

ढिभन : मैं माता जी से प्रार्थना करती हूं । हे माता जी अगर आप मुझे मानती हो तो हमारे परिवार की रक्षा करो हमें हमारे घर पर पहुंचा दो । (रोते हुए)

अंतरी : मां आप ऐसे मत रोइए हमें जरूर रास्ता मिल जाएगा।

तारखी : हां ढिभन तुम ऐसे मत रो। भगवान अपने भक्तों के साथ कभी बुरा नहीं करते । वह संकट में अपने भक्तों को बचा लेते है वैसे हमें भी बचाएंगे । तुम डरो मत पहले हम खा लेते हैं फिर यहां से निकलने का रास्ता ढूंढने चलते हैं ।

ढिभन : हां चलिए पहले खा लेते हैं । लेकिन अभी स्नान बाकी है क्या करूं। पहले स्नान कर लु ।

तारखी : अभी हम सभी को स्नान करना बाकी है तो पहले खा लेते हैं और पास में ही नदी है वहां सभी स्नान कर लेंगे ।

(खाना खाने के बाद निकल पड़े पलसा से निकलने का रास्ता ढूंढ ने . कुछ घंटों चलने के बाद नदी के किनारे आराम करने बैठे ।)

ढिभन : मैं कह रही हूं हम यहां से कभी भी बाहर नहीं निकल सकते हैं। पता नहीं अब क्या होगा वहां पर हमारे परिवार वाले इंतजार कर रहे हैं।

(तभी ढिभन को एक लड़की दिखाई दी। उसने उस लड़की को आवाज लगाई।)

ढिभन : बेटी तुम्हारा नाम क्या है।

विधाना : मेरा नाम विधाना है। मैं कई वर्षों से यहां पर हूं , मैं एक वन संरक्षक हूं।

तारखी : बेटी तुम अकेली हो तुम्हारे साथ तुम्हारे परिवार वाले नहीं।

विधाना : हां मैं अकेली हूं। मुझे भी अपने घर जाना है मेरे माता-पिता कई वर्षों से मेरी राह देख रहे होंगे। मैं तो यही लगा होगा की अब उनकी बेटी उनको छोड़कर जा चुकी है। मैं तरश रही हूं इस दुनिया से निकलने के लिए। लगता है आप भी फस गए हैं इस जंगल में।

ढिभन : बेटी तुम इतने वर्षों से रहती हो तुम्हें रास्ता तो मिला होगा यहां से निकलने का। तुम इस वन को बहुत अच्छी तरह से जानती होगी।

विधाना : नहीं मुझे इतने वर्षों में आज तक कभी भी यहां से निकलने का रास्ता नहीं मिला मैं हर दिन भगवान से प्रार्थना करती थी।

तारखी : बेटी तुमसे एक बात पूछना चाहता हूं। मैं कई दिनों से सुन रहा हूं गाय ,भैंस ,बकरी और पक्षियों की आवाज लेकिन मुझे कोई भी नहीं दिखता यहां पर ऐसा क्यों।

विधाना : इसके बारे में तो मुझे भी नहीं पता लेकिन हां आवाज तो आती है सभी जानवरों और पक्षियों कि ।।

ढिभन : तो क्या हम कभी भी यहां से नहीं निकल सकते। हम अपने घर नहीं जा सकते हैं।

विधाना : मैं इतने वर्षों से हूं तो मैं घर नहीं पहुंच पाई। तो आप कैसे पहुंच जाएंगे हम को भी यही रहना पड़ेगा हमेशा के लिए इस जंगल में। पता नहीं यह कौन सा जंगल है। नहीं इसका नाम है नहीं इसका पता है। मुझे तो यही लगता है कि हम बहुत पीछे की दुनिया में आ चुके हैं जहां पर कोई व्यक्ति नहीं है। सिर्फ हम चार लोग ही हैं।

अंतरी : मां हम क्या करेंगे। कैसे बाहर निकलेंगे यहां से।

ढिभन : निकल जाएंगे तुम हिम्मत बनाए रखना। अभी तुम मुझे समझा रही थी लेकिन तुम कमजोर मत पड़ना। हम सभी एक साथ मिलकर रास्ता ढूंढ लेंगे।

अंतरी : हां मां ।।

ढिभन : पता है अंतरी तुम्हारी नानी मां क्या कहती थी। वह कहती थी मेरी अंतरी बेटी पढ़ने में बहुत तेज होगी वह बहुत नाम कमाएगी , दौलत कमाएगी और सबका दिल जीतेगी। पहली तनख्वाह से मुझे एक साड़ी ख़रीद कर देगी। मुझे लगता है अब वह अधूरा रह जाएगा। नानी मां तेरा इंतजार कर रही होगी। परिवार के सभी लोग हमें ढूंढ रहे होंगे आखिर हम कहां चलें गए।

अंतरी : हा मा तुम सही कह रही हो लेकिन हम निकल जाएंगे चिंतित मत हो आप।

तारखी : हमें हार नहीं मानना है।

अंतरी : मां मुझे कोई बढ़िया सा कहानी सुनाओ ताकि में सौ सकु।

ढिभन : मुझे खुद नींद नहीं आ रहा है और तुझे कहानी सुनाऊं।

अंतरी : मां आप ऐसा ही करते हो चाचा के बेटा को बहुत प्यार करती हो लेकिन जब मैंने कहा तो आप ने इंकार कर दिया।

ढिभन : ठीक है बेटी तुम दोनों को कहानी सुनाती हूं। विधाना बेटी तुम भी मेरे पास आ जाओ। तो सुनो

एक छोटा सा गांव था वहा पे एक राजु और मोनु नाम के दो दोस्त रहते थे। उन दोनो ने कही जगह काम करने के लीये गये लेकीन किसी ने वो दोनो को काम नही दीया। वो दोनो सोच मे पड गये थे अब हम क्या करे हमे कोन पैसे देगा।

वो दोनो गांव के चौराहे पे बेठ के बात कर रहे होते है वहासे एक जमीनदर गुजरता है राजु और मोनु की बात सुंके जमीनदार रुक जाता है और उन दोनो से बात करने लगता है। राजु ने जमीनदार को सारी बात बताई हमे पैसे की बहुत जरुरत है हम दोनो कही जगह पे काम देखने के लीये गये लेकीन किसी ने हमे काम नही दीया।

जमीनदार ने कहा ठीक है ये लो कुछ पैसे आप दोनो बाट लेना । राजु और मोनु पैसे देखके खुश हो गये थे । राजु केहता है हम इन पैसे से व्यवसाई शरु करते है । तब मोनु कहता है हम इस पैसे से गुमने फिर ने के लीये जाते है । राजु ने मना कर दीया हम इस पैसे को बरबाद नही कर सकते हमे इसे सही काम मे इसतेमाल करना चाहिये । लेकीन मोनु राजु की बात नही मानता है और कही गुमने के लीये चला गया ।

राजु गांव के चोराहे पे एक सबजीमार्केट की दुकान खोली देखते ही देखते कुच ही समय मे फेम्श हो गई । उसे काफि सारा मुनाफा हुवा और मोनु कही दिनो तब गुमने के बाद गांव आता है तब उसे पता चलता है की राजु ने एक बडी सी दुकान खोली है और काफी अच्छा मुनाफा कमा रहा है ।

तुरंत मोनु राजु के पास जाता है कुच पैसे मांग्ता है लेकीन राजु ने साफ मना कर दीया । वो दोनो अब जमीनदार के पास जाते है । राजु कहता है ये लो आपके पैसे मेंने आपके पैसे व्यवसाई सबजीमार्केट खोल मे लगाये है और मुझे अच्छा मुनाफा हुवा है । जमीनदार ने कहा ये तुम्हारा परिश्रम और मेहनत के कारण आज तुम्हे कामीयाबी मिली है । तब मोनु कहता है मुझे माफ कर दीजीये मेंने सारे पैसी गुम्ने फीर ने मे बर्बाद कर दीये है । मे आपसे जूठ बोलने वाला था लेकीन मे जूठ नही बोल पाया ।

जमीनदार ने मोनु से कहा ठीक है तुम्हारा स्वभाव अच्छा है जो तुम्ने जूठ नही बोला ।ये लो कुच पैसे व्यवसाई तुमभी खोलो । मोनु ने गांव की होस्पीटल के सामने फलमार्केट की दुकान खोल दीया । देखते ही देखते मोनु अच्छा मुनाफा कमाने लगा।

राजु और मोनु ने सच्चे मंन से मेहनत कीया और आज उन दोनो का परिश्रम कामीयाबी मे बदल गया । ठीक अब सौ जाओ।

तुम दोनों मुझे ये बताओं क्या तुम भी मेहनत करोगी या फिर नहीं।

अंतरी : जी मां में मेहनत करूंगी ।

विधाना : जी आंटी में भी मेहनत करूंगी ।

अंतरी : विधाना क्या तुम्हें किताबें पढ़ना अच्छा लगता है ।

विधाना : मुझे किताबें पढ़ना बहुत अच्छा लगता है ।

अंतरी : तुम्हारी कोई पसंदीदा किताब का नाम बताओ ।

विधाना : मेरी पसंदीदा किताब "मिशन कच्छ 1972 " है । जिसे विवेक कुमार जी ने इस किताब को लिखा है। तुम्हारा पसंदीदा किताब का नाम क्या है।

अंतरी : मेरी पसंदीदा किताब "हाइट चार फुट " है। जिसे विवेक कुमार जी ने इस किताब को लिखा है। मेरी और तुम्हारी पसंदीदा किताब एक ही लेखक की है।

विधाना : हां।

(ओर इधर पोखर ने शहर में जाकर सभी भूखे बच्चों एवं बुढ़े को फल दे दिया फिर घर वापस लौटा . साथ ही तारखी के पिताजी कमलेश भी वहां पर जा पहुंचा।)

पोखर : जी महाराज मैंने फल बांट दिया ।

संत ज्ञानेश्वर महाराज : बहुत बढ़िया कुछ भूल तो नहीं किया ना तुमने ।

पोखर : नहीं महाराज कुछ भी भूल नहीं किया मैंने ।

संत ज्ञानेश्वर महाराज : ये तुम्हारे पीछे कौन है । तुम्हारे संबंधी लग रहे हैं ।

कमलेश : नमस्ते महाराज जी । में इनका संबंधी नहीं हुं।

संत ज्ञानेश्वर महाराज : खुश रहो। बताओ किस काम के लिए आए हो तुम यहां पर ।

कमलेश : कई हफ्तों से मेरा बेटा, बहू और मेरी पोती गायब है । वो आपके ही आश्रम में आए थे तब से घर नहीं लौटे ।

संत ज्ञानेश्वर महाराज : माफ करना मुझे तुम्हारे पुत्र की एक भूल की वजह से वह अब एक नई दुनिया में जा चुके हैं । उस जगह का नाम है पलसा.।

कमलेश : महाराज मैंने एक बहुत बड़ी भूल कर दी है। पुलिस स्टेशन जाकर में कब से एफ आई आर लिखवाने के लिए बैठा था लेकिन वहां का ऑफिसर आराम से चाय पी रहा था लेकिन एफ आई आर दर्ज नहीं कर रहा था। मुझे गुस्सा आया मैंने उसकी जान ले ली। में जानता हूं वो भी मेरी जान लेंगे लेकिन मैं डरता नहीं हूं। एक ना एक दिन मरना ही है।

संत ज्ञानेश्वर महाराज : कोई बात नहीं । अगर मृत्यु ही लिखा होगा तो मृत्यु ही होगा । होनी को कोई भी नहीं टाल सकता है ।

कमलेश : तो क्या वह कभी भी वापस नहीं आ सकते । कोई तो रास्ता होगा महाराज जी आपके पास ।

संत ज्ञानेश्वर महाराज : रास्ता बहुत कठिन है । पलसा में एक नदी के किनारे वृक्ष है जो उसकी डाली काटकर अगर स्नान करने जाएं तो वहां से वह मुक्त हो सकता है। लेकिन हां अगर वह मुक्त हो गया तो वह दूसरे व्यक्ति को नहीं बताएगा कि मैं मुक्त हो चुका हूं वरना वह भी मुक्त नहीं हो सकता ।

कमलेश : मान लिजिए अगर एक मुक्त हुआ तो वह दूसरे को तो बताएगा ही की । मैंने ऐसे किया तो मैं मुक्त हो गया अगर उसने नहीं बताया तो वह लोग तो वहीं पर रह जाएंगे ।

संत ज्ञानेश्वर महाराज : इसीलिए तो मैंने बोला कठिन उनका वापस आना । अगर कोई मुक्त हो गया तो उसे उसके घर जाने का द्वार दिखने लगेगा लेकिन अगर उसने दूसरे व्यक्ति को बता दिया तो वह द्वार भी बंद हो जाएगा इसीलिए बहुत कठिन है रास्ता ।

कमलेश : महाराज जी और कोई दूसरा रास्ता तो होगा ही । मेरा बेटा और मेरी बहू ,मेरी पोती वहां पर फंसे हुए हैं बेचारे किस हालात में होंगे मुझे भी नहीं पता आप मेरी मदद कीजिए ।

संत ज्ञानेश्वर महाराज : एक दूसरा रास्ता भी है । जिस वृक्ष के नीचे मैंने तपस्या किया था उसी वृक्ष पर अगर किसने उस वृक्ष को जल अर्पित किया तो वह सभी लोग वहां से मुक्त हो जाएंगे और पलसा से भी पशु - पक्षी आजाद हो जाएंगे । सबको नई जिंदगी मिल जाएगी । लेकिन तुम और मैं किसी को भी बता नहीं सकते हैं ,कि तुम इस वृक्ष में पानी अर्पित करो । अगर किसी ने अनजाने में जल अर्पित कर दिया तो सभी आजाद हो जाएंगे ।

कमलेश : यह उपाय भी कठिन है । लेकिन वह कैसे पहुंच गए पलसा ।

संत ज्ञानेश्वर महाराज : मैं 100 वर्षों से तपस्या कर रहा था उस वृक्ष के नीचे बैठकर । ताकि जब मेरा तपस्या पूर्ण हो जाए तो मैं पलसा जाकर

उन पशु - पक्षियों को आजाद कर सकूं जो वहां पर कैद है । मैं उनकी भलाई चाहता था । मेरा एक नियम था और श्राप भी अगर किसी ने भी मेरी तपस्या भंग की तो वह पलसा मैं चला जाएगा । तुम्हारे पुत्र और बहू , पोती ने भी वही काम किया । उसी दिन मेरा तपस्या पूर्ण होने वाला था लेकिन रह गया अधूरा । मैं फिर से 100 वर्ष तक तपस्या तो नहीं कर सकता ।

कमलेश : लेकिन आप के लिए इतना ज्यादा पलसा क्यों महत्वपूर्ण था ।

संत ज्ञानेश्वर महाराज : तो सुनो मेरी बात को ध्यान से। सदियों पुरानी एक बात है । जब उस जगह पर एक दरिंदा रहता था । वह सभी जानवरों को पकड़ - पकड़ कर कच्चा खा जाता था । जब मैंने उसे रोकने की कोशिश की तब उसने मुझ पर हमला करने की कोशिश कि । वह माना नहीं हर रोज पशु - पक्षियों को जिंदा खा जाता था और उसे एक वरदान मिला था। उसे जो भी चाहिए उसे मिल सकता था लेकिन सिर्फ एक बार । उसने कहा भगवान से मुझे 21 सदी के जितने भी पशु - पक्षी एवं जीव जंतु हैं वह इस धरती पर कैद हो जाए ताकि मैं उनको हर दिन खा सकूं , मेरी भूख मिट जाए । भगवान ने सभी पशु पक्षी जीव जंतु को पलसा मैं एक वृक्ष के नीचे कैद कर दिया । जो भी अगर उस वृक्ष की डाली को काटकर नदी में स्नान कर ले तो वह आजाद हो जाएगा ।

एक दिन मैंने उसे रोकने की कोशिश की तुम क्यों इन मासूम जानवरों को खा रहे हो । मैंने उसको कितना समझाया लेकिन वह समझ नहीं पाया । मैंने उसको मृत्युदंड दे दिया । पलसा में रहने वाले जीव कभी से इंतजार कर रहे हैं । आखिर हम कब यहां से आजाद होंगे और उसी तपस्या को तुम्हारे पुत्र ने भंग कर दिया । पलसा एक जीवन की उत्पत्ति जहां से उनकी जिंदगी आजाद होंगी। में अमर हो चुका हूं यह बात में सिर्फ तुम्हें ही बता रहा हूं । तुम किसी को भी बताना मत ।

कमलेश : जी महाराज । (दुःखी होकर)

संत ज्ञानेश्वर महाराज : तुम चिंतित मत हो कोई ना कोई तो कभी इस अमरूद के वृक्ष में पानी अर्पित जरूर करेगा । अभी तुम जाओ घर पर विश्राम करो । ध्यान रहे वृक्ष में जल अर्पित करने वाली अगर किसी

को भी बताया तो वह वहीं पर पलसा में रहेंगे।

कमलेश : महाराज क्या में जल अर्पित कर सकता हूं ।

संत ज्ञानेश्वर महाराज : नहीं तुम जल अर्पित नहीं कर सकते हो क्योंकि मैंने तुम्हें बता दिया है । लेकिन तुम किसी को भी मत बताना। अब तुम जा सकते हो।

कमलेश : जी महाराज । लेकिन मैंने पुलिस स्टेशन में जाकर एफ आई आर दर्ज कर वाया है ।

संत ज्ञानेश्वर महाराज : तुम किसी को भी मत बताना कि वह सभी दुसरे दुनिया में हैं। तुम उन्हें कह देना वह मिल गए हैं। किसी पड़ोसी के घर गए हुए हैं । याद रखना सिर्फ तुम मुझे देख सकते हो।

(तभी पुलिस वहां पर पहुंचती हैं)

पुलिस : कमलेश तुम यहां क्या कर रहे हो । क्या तुम्हारे घर वाले मिल गए ।

कमलेश : हां मेरे घर वाले मिल गए हैं। वह पड़ोसी के घर गए हुए हैं । आज उन्होंने मुझे फोन कर के बताया। में आपको बताने ही आ रहा था लेकिन आप ही आ गए ।

पुलिस : हमें फोन करके बता देते। तो हम चलते हैं, पक्का मिल गए हैं ना । तो तुमने एनकाउंटर क्यों किया। कल कोर्ट में पेश हो जाना।

कमलेश : अगर नहीं मिलते तो में आपको क्यों बोलता की वह पड़ोसी के घर गए हैं । हो जाउंगा कोर्ट में पेश डर नहीं लगता है मुझे।

पुलिस : ठीक है लेकिन तुम यहां क्या कर रहे हो ।

कमलेश : में यहां से जा रहा था तो सोचा महाराज जी के दर्शन कर लु लेकिन अब घर जा रहा हूं । तुम लोगों को इतनी तकलीफ़ क्यों है, में कहीं भी मरूं या कुछ भी करूं तुम होते कौन हो।

(पुलिस वाले छुप के से देखने लगे। ये किससे बात कर रहा है लेकिन वहां पर कोई भी नहीं था ।)

संत ज्ञानेश्वर महाराज : अब तुम भी घर पर जाकर विश्राम करो याद रहे किसी को भी बात पता ना चले ।

कमलेश : जी महाराज .

संत ज्ञानेश्वर महाराज : प्रलय अवश्य आएगा। प्रलय का अर्थ जानते हो तुम । प्रलय का मतलब है विनाश।

हिन्दू शास्त्रों में मूल रूप से प्रलय के चार प्रकार बताए गए। पहला किसी भी धरती पर से जीवन का समाप्त हो जाना, दूसरा धरती का नष्ट होकर भस्म बन जाना, तीसरा सूर्य सहित ग्रह-नक्षत्रों का नष्ट होकर भस्मीभूत हो जाना और चौथा भस्म का ब्रह्म में लीन हो जाना अर्थात फिर भस्म भी नहीं रहे, पुनः शून्यावस्था में हो जाना। इस विनाश लीला को नित्य, आत्यन्तिक, नैमित्तिक और प्राकृत प्रलय में बांटा गया है।

जिसका जन्म है उसकी मृत्यु भी तय है। जिसका उदय होता है, उसका अस्त होना भी तय है, ताकि फिर उदय हो सके। यही सृष्टि चक्र है। इस संसार की रचना कैसे हुई और कैसे इसका संचालन हो रहा है और कैसे इसके विलय हो जाएगा। इस संबंध में पुराणों में विस्तार से उल्लेख मिलता है।

पुराणों में सृष्टि उत्पत्ति, जीव उद्भव, उत्थान और प्रलय की बातों को सर्गों में विभाजित किया गया है। हालांकि पुराणों की इस धारणा को विस्तार से समझा पाना कठिन है। इसीलिए हम ब्रह्मांड की बात न करते हुए सिर्फ धरती पर सृष्टि विकास, उत्थान और प्रलय के बारे में बताएंगे।

जब-जब पृथ्वी पर प्रलय आता है भगवान विष्णु अवतरित होते हैं पहली बार जब जल प्रलय आया तो प्रभु मत्स्य अवतार में अवतरित हुए और कलयुग के अंत में जब महाप्रलय होगा तब कल्कि अवतार में अवतरित होंगे।

कलियुग के अंत में होगी प्रलय तब कैसा होगा माहौल : श्रीमद्भागवत के द्वादश स्कंध में कलयुग के धर्म के अंतर्गत श्रीशुकदेवती परीक्षितजी से कहते हैं, ज्यों ज्यों घोर कलयुग आता जाएगा, त्यों त्यों उत्तरोत्तर धर्म, सत्य, पवित्रता, क्षमा, दया, आयु, बल और स्मरणशक्ति का लोप होता जाएगा।... अर्थात लोगों की आयु भी कम होती जाएगी जब कलिकाल बढ़ता चला जाएगा।...

कलयुग के अंत में...जिस समय कल्कि अवतार अवतरित होंगे उस समय मनुष्य की परम आयु केवल 20 या 30 वर्ष होगी। जिस समय

कल्कि अवतार आएंगे। चारों वर्णों के लोग क्षुद्रों (बोने) के समान हो जाएंगे। गौएं भी बकरियों की तरह छोटी छोटी और कम दूध देने वाली हो जाएगी।...वर्षा नहीं हुआ करेगी...भयंकर तूफान चला करेंगे। कलियुग के अंत में भयंकर तूफान और भूकंप ही चला करेंगे। लोग मकानों में नहीं रहेंगे।

लोग गड्डे खोदकर रहेंगे। धरती का तीन हाथ अंश अर्थात लगभग साढ़े चार फुट नीचे तक धरती का उपजाऊ अंश नष्ट हो जाएगा। भूकंप आया करेंगे।... कलियुग का अंत होते होते मनुष्यों का स्वभाव गधों जैसा हो जाएगा। लोग प्रायः गृहस्थी का भार ढोनेवाले और विषयी हो जाएंगे। ऐसी स्थिति में धर्म की रक्षा करने के लिए सतगुण स्वीकार करके स्वयं भगवान अवतार ग्रहण करेंगे।

सूक्ष्मवेद अनुसार राजा हरिशचंद्रजी जो वर्तमान में स्वर्ग के अंदर हैं वो ही श्री विष्णुजी की आज्ञा से कल्कि नामक अवतार धारणकर आवेंगे। वे विष्णु लोक में विराजमान है जहां वे अपने पुण्यों का फल भोग रहे हैं।

महाभारत : महाभारत में कलियुग के अंत में प्रलय होने का जिक्र है, लेकिन यह किसी जल प्रलय से नहीं बल्कि धरती पर लगातार बढ़ रही गर्मी से होगा। महाभारत के वनपर्व में उल्लेख मिलता है कि कलियुग के अंत में सूर्य का तेज इतना बढ़ जाएगा कि सातों समुद्र और नदियां सूख जाएंगी।

संवर्तक नाम की अग्नि धरती को पाताल तक भस्म कर देगी। वर्षा पूरी तरह बंद हो जाएगी। सब कुछ जल जाएगा, इसके बाद फिर बारह वर्षों तक लगातार बारिश होगी। जिससे सारी धरती जलमग्न हो जाएगी।...जल में फिर से जीव उत्पत्ति की शुरुआत होगी।

महाविनाश कब होगा जानिए : श्रीमदभागवत के अनुसार ऐसा माना जाता है कि दो कल्पों के बाद सृष्टि का अंत होता है। हर कल्प में एक अर्ध प्रलय होती है। दो कल्पों का अर्थ है कि दो हजार चर्तुयुग। इसी प्रकार दूसरा कल्प पूरा होने पर प्रलय आता है यानि सृष्टि का विनाश हो जाता है। इसके बाद पुनः सृष्टि की उत्पत्ति होती है और यही क्रम अनवरत जारी रहता है।

कमलेश : महाराज जी लेकिन उन्हें खाना तो मिल रहा होगा ना ।

संत ज्ञानेश्वर महाराज : उसकी चिंता मत करो तुम वह देव लोक है वहां पर सभी प्रकार के फल है ।

कमलेश : तो फिर देव लोक में जीव कैसे कैद हो सकते हैं।

संत ज्ञानेश्वर महाराज : वह एक वरदान था। जब उस दरिंदा ने सभी जीवों को मांगा। तब भगवान भी उस वरदान को टाल ना सके। इसलिए 100 वर्षों का तपस्या ही पलसा का एकमात्र साधन था । एक बात याद रखना में सिर्फ उन लोगों को ही दिख सकता हूं जिसने नहीं कभी पाप एवम् शुद्ध शाकाहारी व्यक्ति को ही दिख सकता हूं में।

कमलेश : अब में चलता हूं अंधेरा हो गया है।

(कमलेश के जाने के बाद संत ज्ञानेश्वर महाराज ध्यान करने वृक्ष के नीचे बैठ गए । अब चलते हैं तारखी के पास जहां पलसा में काट रहे हैं जिंदगी । कमलेश रास्ते में अकेला था पुलिस वाले उसका पीछे - पीछे करते शहर तक पहुंचे फ़िर कमलेश ने पीछे मुड़कर देखा पुलिस वाले मेरे पीछे आ रहे हैं। उसे पता चल गया मेरा एनकाउंटर करने आए हैं। उसने कहा में जानता हूं तुम मेरा एनकाउंटर करने आए हो चलो मार दो मुझे। पुलिस वालों ने ठोक दिया उसे वहीं पर । कमलेश की लाश को बीच सड़क पर फेंक दिया ।)

अंतरी : आज से हम सभी साथ ही रहेंगे । जीवों का तो पता नहीं पर भूतों का भंडार तो होगा ही होगा। मैंने एक छोटा सा लकड़ीयो का घर बनाया है । अगर आप को एतराज ना हो तो आप मेरे साथ रह सकते हैं । मुझे भी अच्छा लगेगा आप सभी रहेंगे तो । वैसे भी में अकेली ही रहती हुं मुझे लगता था कोई नहीं है इस जंगल में ।

तारखी : हम तुम्हारे साथ रह सकते हैं। हमें कोई भी एतराज नहीं है । वैसे भी तुम मेरी बेटी जैसी ही हो। भला में तुम्हें क्यों अकेले छोड़ दु इस जंगल में ।

ढिभन : साथ रहेंगे तो अच्छा लगेगा। वैसे भी रात हो रहा है ।

अंतरी : हां चलिए घर में चलते हैं । फिर शांती से बैठकर बातचीत करेंगे ।

तारखी : बचपन में अंतरी बहुत ही शरारती थी। अपनी नानी मां कि बालो को पकड़कर कहती थी । चल मेरे घोड़े टिक - टिक । अपनी चाची

को भूतनी - भूतनी कहकर चिल्लाती थी। वैसे वो सही में डरावनी तो लगती ही थी।

अंतरी : क्या पापा आप भी ना। कहीं भी और कभी भी मेरी शिकायत करना शुरू हो जाते हैं।

ढिभन : विधाना बेटी तुम बताओ अपने बारे में कुछ।

विधाना : में अभी 9वीं क्लास में पढ़ती हूं। मेरे पिताजी एक सैनिक है। मेरी मां एक बैंक मैनेजर हैं।

ढिभन : मतलब तुम्हारे घर में सभी पढ़ें लिखे और सरकारी नौकरी वाले हैं । मेरा तो नसीब ही फुटा जो मुझे बहुत ही तेजस्वी पति मिल गए । 5 वीं फेल है मेरे पति।

तारखी : तुम कौनसी पढ़ी लिखी हो तुम तो खाली भैंस - बकरी खेत में चराने ले जाती थी फिर भी मैंने तुम से शादी कि। जो नसीब में था वहीं मुझे मिला और तुम्हें मिला।

ढिभन : इस बिचारी के तो परिवार वाले बहुत ही चिंता में पड़े होंगे। चलो हम तो अपने पूरे परिवार के साथ है लेकिन विधाना अपने मां - बाप से दूर कितना कष्ट उठा रही हैं बिचारी विधाना ।

विधाना : कोई बात नहीं कभी तो आजाद होंगे । चलिए खाना खा लेते हैं। आज में अंगूर, तरबूज़, पपीता, आंवला , बथुआ का पता लेकर आयी हुं। सब मिलकर जल्दी से खाकर सौ जाते हैं।

(खाना खाने के बाद सभी सौ जाते हैं। लेकिन नींद किसकी को भी नहीं आ रही थी। क्योंकि उनको अपने - अपने घर जाना था। इधर संत ज्ञानेश्वर महाराज ध्यान लगाए वृक्ष के नीचे बैठे थे। तभी वहां पर विवेक कुमार जा पहुंचे।)

संत ज्ञानेश्वर महाराज : कौन हो तुम ओर इतनी रात को क्या कर रहे हो यहां पर।

विवेक कुमार पांडे : मेरा नाम विवेक कुमार है। प्रणाम महाराज।

संत ज्ञानेश्वर महाराज : बोलो वंश इतनी रात को क्या काम है तुम्हें ।

विवेक कुमार पांडे : बस ऐसे ही मन नहीं लग रहा था। तो सोचा मंदिर नजदीक है आप से मिल लेता और भगवान के दर्शन भी हो जाते ।

संत ज्ञानेश्वर महाराज : बहुत खुब लगता है भगवान के प्रति तुम्हें बहुत लगाव है । आओ अंदर प्रवेश करो वंश। मुझे अपने बारे में तो बताओ।

विवेक कुमार पांडे : क्या बताऊं महाराज जी , रहने दीजिए में दर्शन करके घर चला जाऊंगा।

संत ज्ञानेश्वर महाराज : बताओ वंश अपने बारे में घबराओ मत।

विवेक कुमार पांडे : जी । मेरा नाम विवेक कुमार पांडे है और मैं एक लेखक हु , में गुजरात के सुरत में निवास करता हूं.मेरा जन्म ३० सेप्टेंबर २००२ में हुआ था, और मुझे बचपन से अभिनेता बनने का सोख रहा है और अभी भी है.। में कभी ये नहीं सोचता की लोग क्या कर रहे हैं में ये सोचता हूं कि में क्या कर रहा हूं, में आज सफल हूं तो अपने पापा की वजह से आज वो रहते तो उन्हें बहुत खुशी होती , वो सदा और हमेशा मेरे साथ रहेंगे.। मेरे रियल लाइफ के सुपरस्टार और सुपर हीरो मेरे प्यारे पापा है । आई लव यू पापा । पापा को मेरे हाथ कि चाय बहुत अच्छी लगती थी ।

जब उनका मन करता था चाय पीने के लिए तो वो कहते थे । मुझे चाय पीना है कौन बनाएगा मम्मी कहती में बना देती हूं लेकिन पापा कहते नहीं मेरा बेटा बनाएंगा । उसके हाथ कि चाय मुझे बहुत अच्छा लगता है । जब भी काम करके घर आने वाले होते हैं तब मुझे फोन करते है विवेक बेटा बोलो क्या खाओगे सेब ले लु । में कहता ठीक है पापा ले लिजिए । पापा कहते कितना लू एक किलो या 2 किलो । में कहता नहीं पापा सिर्फ में ही खाता हूं भईया और दीदी को फल अच्छा ही नहीं लगता है इसलिए 3 सेब ले लेना । लेकिन पापा मेरे लिए दो तीन किलो फल लेकर आ ही जाते थे । पहले ले लेते फिर मुझे फोन करते । हमेशा ऐसा ही करते थे ।

में ये नहीं कह रहा हूं कि मुझे बहुत ज्यादा प्यार और मानते थे । वो अपने तीनों संतानों को प्यार करते थे । सबसे छोटा तो में ही था घर में , मुझसे बड़ी मेरी बहन और मेरी बहन से भी बडे मेरे भईया । में आज भी वो दिन का इंतजार कर रहा हूं जब पापा मेरे लिए कुछ लेकर आएंगे । मेरे कान तरस रहे है वो आवाज़ सुनने के लिए । लेकिन कहते हैं जो

चीज चली जाए वो कभी लौटकर नहीं आती है । में सभी लोगों से निवेदन है आप अपने मम्मी और पापा का ध्यान रखें यह उन लोगों के लिए है जो अपने मां - बाप को ठुकरा देते हैं । दुनिया में एक ही भगवान है वो है माता और पिता ।

मेरे पिताजी चाहते थे कि में बहुत नाम कमाऊ । बस अफसोस यहीं रहेगा मुझे राह दिखाने वाले मेरे पिताजी मेरे साथ नहीं है। लेकिन में मानता हूं मेरे पिताजी मेरे अंदर वाश करते हैं । किसको पता था होनी कब आने वाली है। एक दिन मेरे पिताजी के साथ यहीं हुआ। पांच - छः दिनों तक बुखार रहा मेरे पिताजी को। उन्हें बहुत से हॉस्पिटल में ले गए लेकिन कोई भी उनका इलाज़ नहीं करता था, पिताजी को हल्का सा निमोनिया था और आप तो जानते ही थे कोरोना का साया पूरी दुनिया पर मंडरा रहा था। उसी के डर से डाक्टर मेरे पिताजी का इलाज नहीं करते थे। निमोनिया साधारण था और छः दिनों तक बुखार रहा। आखिर में पिताजी को भर्ती कर वाया गया। डॉक्टर कहने लगे अब तुम्हारे पिताजी ठीक हो जाएंगे। हमें भी यकीन था पिताजी स्वस्थ हो जाएंगे।

4 जुन कि रात को 12 बजे पिताजी को हार्ट अटैक आया। डॉक्टर ने पूरी कोशिश कि लेकिन बचा नहीं पाए मेरे पिताजी को । बस अब हमें कोई सहारा देने वाला नहीं है। सभी मेरा मजाक उड़ाते रहते है, कहते हैं तु कुछ भी नहीं कर सकता है। लेकिन उन लोगों कि बातों पर में इतना ध्यान नहीं देता था । अब क्या बताऊं महाराज जी आपको।

संत ज्ञानेश्वर महाराज : तुम्हारे बारे में जानकर बहुत दुःखी हुआ में खेर छोड़ों काल को किसने देखा है । तुम ये मत समझना वो तुम्हारे साथ नहीं है । वह तुम्हारे ही साथ रहेंगे हमेशा । जाओ बेटा विश्राम करो घर पर जाकर ।

विवेक कुमार पांडे : जी

(संत ज्ञानेश्वर महाराज ने पोखर को आवाज लगाई।)

पोखर : जी महाराज आप ने मुझे बुलाया ।

संत ज्ञानेश्वर महाराज : नहीं बस ऐसे ही सोच रहा था यह दुनिया कितनी विचित्र है । मांस खाने और जीव हत्या करने का कोई भी मनघड़ंत उत्तर दें इसका सेवन करने का प्रतिफल बहुत भयानक है।

मानव जीवन प्राप्त प्राणी को अन्य जीवों पर दया दृष्टि रखनी चाहिए। मानव आहार जानवर की चीखों, रूदन और बीमारियों से रहित होना चाहिए।

रावण सौ मटका शराब और कई बकरों का मांस खाता था राक्षस कहलाया। आज के समय में सभी धर्मों के लोग जीभ के स्वाद को परमात्मा का आदेश बता कर जीव हत्या करके मांस खाते हैं। अरे मूर्ख प्राणी! क्या कभी तूने राम और कृष्ण को किसी जानवर या मुर्गी की हड्डी चबाते देखा है । तुझे कौन से स्वप्न में गुरू नानक देव जी और मोहम्मद जी मांस खाते दिख गए। मानव तू तो जानवर से भी नीचे गिर गया। मानव जीवन कर्म बनाने के लिए मिला है तू तो नित दिन कर्म बिगाड़ रहा है।

जीव हत्या कर उसका सेवन करने वालों में दया भाव नहीं रहती तभी तो जीव हत्या करने वाला कसाई और खाने वाला मांसाहारी प्राणी कहलाता है।

जो व्यक्ति माँस भक्षण करते हैं, समझाने से भी नहीं मानते, वह तो महापाप के भागी हैं तथा घोर नरक में गिरेंगे क्योंकि माँस चाहे गाय, हिरनी तथा मुर्गी आदि किसी प्राणी का है जो व्यक्ति मांस खाते हैं वह नरक के भागी होते हैं। बस यही विचार कर रहा था में।

पोखर : महाराज आपकी सभी बातें सत्य है मगर कौन समझाए इन विचित्र इंसानों को ।

संत ज्ञानेश्वर महाराज : पलसा से आजाद हुए जीव फिर से पृथ्वी पर जाएंगे।

पोखर : महाराज उन जीव को फिर से खतरा होगा। इंसान उन पर दया नहीं करेंगे । कुछ करना पड़ेगा उनके लिए हमें।

संत ज्ञानेश्वर महाराज : नहीं हमें कुछ करने की आवश्यकता नहीं है।

पोखर : तो क्या हम उनको ऐसे ही मरने दे ।

संत ज्ञानेश्वर महाराज : जो होगा वह काल निश्चित करेगा ।

पोखर : तो क्या सभ कुछ निर्धारित समय पर ठीक हों जाएगा ।

संत ज्ञानेश्वर महाराज : काल सभ कुछ निर्धारित करेगा। आज एक व्यक्ति से मुलाकात हुई। उसका नाम विवेक था ।

पोखर : महाराज आप हर दिन नए - नए व्यक्ति यों के साथ मिलते रहते हैं ।

संत ज्ञानेश्वर महाराज : पर मुझे यह व्यक्ति श्रव श्रेष्ठ लगा। उसका बोलने का तरीका मध्य और मधुर था । काल का चक्र वहीं बदलेगा ।

पोखर : महाराज जी अब में सोने जा रहा हूं ।

संत ज्ञानेश्वर महाराज : तुम खाली सोते रहो। हमारे लिए एक चिंताजनक पहलू है।

पोखर : क्या महाराज मुझे जरा बताइए।

संत ज्ञानेश्वर महाराज : जिस दिन पलसा आजाद होगा उसी दिन वो राक्षस भी आजाद होगा ।

पोखर : लेकिन वो तो मर चुका है तो फिर कैसे जन्म लेगा।

संत ज्ञानेश्वर महाराज : वो मर चुका है लेकिन उसकी आत्मा अभी भी जीवित हैं। जब वो आजाद होगा तब वो बर्बादी का तांडव मचाएगा।

पोखर : फिर तो हमें उसे रोकना पड़ेगा महाराज वरना वो स्वर्ग जैसे पलसा को बर्बाद कर देगा।

संत ज्ञानेश्वर महाराज : पलसा को जो भी आजाद करेगा उस राक्षस को भी वही मारेगा।

पोखर : मतलब जिसने पलसा को आजाद किया वहीं उस राक्षस को मारेगा ।

संत ज्ञानेश्वर महाराज : हां ।

पोखर : महाराज में आप से कुछ पुछना चाहता हूं लेकिन अगर आपको एतराज नहीं हो तो ।

संत ज्ञानेश्वर महाराज : पुछो मुझे कोई भी एतराज नहीं है ।

पोखर : आप मनुष्यों की मदद क्यों कर रहे हैं । कभी आप कहते हैं वो अपने मेहनत से अपनी जिंदगी को सफलतापूर्वक बनाएंगे । कभी आप ही उनकी मदद कर देते हैं । ऐसा कोई ?

संत ज्ञानेश्वर महाराज : भक्तों की मदद करना मेरा फर्ज है । जिस दिन पलसा से सभी जीव - जंतु आजाद हो जाएंगे उसी दिन में अपने धाम को चला जाऊंगा। हमेशा में यही सोचता हूं इंसान कितने विचित्र है उनको समझना कठिन है ।

पोखर : तो अगर आप इतना ही अपने भक्तों को मानते हैं तो अपना सक्रिय रूप क्यों नहीं दिखा रहे हैं । महाराज का रूप धारण करके क्यों विराजमान हैं । प्रभु आप भगवान है अपने आप को इतना कष्ट क्यों दे रहे हैं ।

संत ज्ञानेश्वर महाराज : मैं सब की परीक्षा लेता हूं उसी तरह से मैं अपने भक्तों की भी परीक्षा ले रहा हूं । वह मेरे लिए इतना कष्ट उठा रहे हैं । उनकी मनोकामना तो पूर्ण कर सकता हूं इतना निर्दई नहीं हूं मैं ।

पोखर : आपको क्या लगता है । जो व्यक्ति मांस का भक्षण करके आप की आराधना करें ,आपसे कुछ मांगने की चाह रखें तो क्या आप उसे पूर्ण करेंगे ।

संत ज्ञानेश्वर महाराज : अवश्य पूर्ण करेंगे । भले उन लोगों को समझ नहीं आ रहा है कि जानवरों में भी एक जीव होता है ,उनका भी एक जीवन होता है ,उनके भी परिवार होते हैं पर मनुष्य को कौन समझाएगा वह अपना कर्तव्य कर रहे हैं , मैं अपना कर्तव्य कर रहा हूं । मैं तो यही विचार कर रहा हूं जितने भी जीव - जंतु इस धरती पर है मैं उसे अपने लोक लेकर जाऊंगा । जहां पर वह सुरक्षित और सुकून भरी जिंदगी जी सकेंगे । अगर पाप का घड़ा भर जाएगा तो मैं इस दुनिया का सर्वनाश कर दूंगा ।

पोखर : में आपको प्रभु कहूं या फिर महाराज ?

संत ज्ञानेश्वर महाराज : तुमको जो इच्छा हो । भगवत गीता में लिखा है जितने भी जीव - जंतु इस संसार में है उन सभी को अधिकार है अपने जीवन जीने का । कोई उनका अधिकार उनसे छीन नहीं सकता है ।

पोखर : प्रभु तो फिर सभी जीव जंतु को खतरा है इस पृथ्वी पर इन्हें अपने लोक लेकर ही चलते हैं तब इंसानों को पता चलेगा की जीवों का महत्व क्या होता है ।

संत ज्ञानेश्वर महाराज : वह कभी ना कभी तो समझ ही जाएंगे लेकिन तब तक देर हो जाएगा । मेरे लिए सभी इंसान एक हैं । कल तुम्हें बहुत ही विशेष काम करना है । कल थोड़ा जल्दी उठ जाना । (चिंता करते हुए)

पोखर : जी प्रभु आपकी जैसी आज्ञा हो मैं कल सुबह जल्दी उठ जाऊंगा। इंसानों को तो अभी पता चली रहा होगा क्योंकि सारे जीव जंतु एवं जानवर पलसा में कैद है।

संत ज्ञानेश्वर महाराज : सही कह रहे हो तुम यही समय इंसानों को पता चल जाएगा जीव जंतु उनके लिए कितने महत्वपूर्ण थे। अब जाओ जाकर सो जाओ।

(अगले दिन)

(शहर में और गांव में कहीं पर भी एक भी जीव - जंतु एवं जानवर दूर-दूर तक नहीं दिख रहे थे। सभी को लगने लगा कि इस धरती पर जीव खत्म हो चुके हैं। पर किसको पता ये सब विष्णु भगवान का रचा रचा या खेल है। सभी अखबारों में न्यूज़ चैनलों पर बस यही खबर दिखाया जा रहा था। आखिर कहां गए यहां के जीव और जानवर सब के सब खत्म हो गए। मुझे लगता है इंसान जानवरों पर जुर्म कर रहे थे इसीलिए सब खत्म हो गए।

कई किसान लोग परेशानियां झेल रहे थे। बिना बेल के कैसे होगा खेतों में काम। बिना गाय के कैसे मिलेगा दुध, सभी व्यक्तियों को लगने लगा था कि हम उन बिचारे जीवो पर जुर्म कर रहे थे। भगवान से प्रार्थना कर रहे थे हे भगवान हमसे जो भूल हुआ हमें माफ कर दे हम कभी उन जीवो पर जुर्म नहीं करेंगे। हमें माफ कर दीजिए।)

(चलिए चलते हैं पलसा में जहां पर तारखी के परिवार वाले काट रहे हैं जिंदगी)

अंतरी : मां अब उठ भी जाओ सुबह हो गया है। सब लोग कितने आलसी हो गए हैं कोई उठने का नाम ही नहीं ले रहा है। कोई नहीं उठेगा तो कोई बात नहीं , पिताजी मैं जा रही हूं इस तालाब में नहाने।

तारखी : ध्यान से जाना इस में बहुत गहराई है। किनारे पर रहकर ही नहा लेना।

अंतरी : आप तो सो गए थे। आप तो नींद में थे, तो कैसे बोल रहे हैं। कब से मैं उठा रही हूं लेकिन कोई उठने का नाम ही नहीं ले रहा और जब मैंने कहा कि मैं बाहर जा रही हूं नहाने के लिए तब आप जवाब दे रहे हैं।

तारखी : क्योंकि मैंने इसलिए बोला तुम मुझसे दूर जा रही थी । एक पिता को ही पता होता है । मुझे तुम्हारी बहुत चिंता होती है इसीलिए मैंने कहा । जाओ जल्दी नहा कर आ जाओ ।

ढिभन : तुम बाप बेटी क्या सुबह से खिचड़ी पका रहे हो । कभी चैन से सोने नहीं देते । अब जाओ बक - बक मत करो , खाना लेकर आओ मुझे भूख लगी है ।

तारखी : इसीलिए कहता हूं पहले जल्दी उठ जाओ । लेकिन तुम खाली सोती ही रहती हो ।

ढिभन : फिर से नाटक, मुझे भूख लगी है और यह बकबक कर रहे हैं । जाओ खाना तो लेकर आओ मेरे लिए ।

तारखी : खाना मैंने लाकर रख दिया है खा लो लेकिन पहले नहा लेती तो अच्छा रहता । विधाना अभी तक सोई हुई है।

ढिभन : विधाना बेटी उठ जाओ सुबह हो गयी है।

विधाना : हां आंटी । अंतरी कहां पर है ।

तारखी : अंतरी बाहर तालाब में नहाने के लिए गई है । जाओ तुम भी ना कर आ जाओ ।

विधाना : हां

तारखी : पता नहीं अब और कितना दिन रहना पड़ेगा इस जंगल में ।

ढिभन : जितने दिन तुम रहोगे उतने दिन हम ही रहेंगे इधर । तुम्हारी करनी हमको भुगदनी पड़ रही है।

तारखी : तुम फिर से गुस्सा हो गई । गुस्सा मत करो हम कभी ना कभी तो यहां से निकल जाएंगे ।

(तभी बाहर से अजीबोगरीब आवाजें आने लगी । बाहर निकलकर देखा तो सभी पेड़ और पौधे जलने लगे।)

तारखी : अंतरी, विधाना अंदर आओ जल्दी से। बहुत नहा लिया तुम दोनों ने ।

ढिभन : अब क्या हुआ जी ।

तारखी : जंगल में आग लग गई है । अब हम सभी का बचना असंम्भव है । हम इस आग को भी नहीं बुझा सकते हैं ।

ढिभन : हिम्मत मत हारीए । आग बुझ जाएगी ।

(इनकी बहस बाजी ऐसे ही चलती रहती है । उधर जब संत ज्ञानेश्वर महाराज ध्यान करके उठे। जब उन्होंने उस वृक्ष को देखा तब वह आश्चर्यचकित हो गए । उन्होंने पोखर को आवाज लगाई .)

संत ज्ञानेश्वर महाराज : अब मुझे लगता है । इन सभी का वापस आना असंभव होगा ।

पोखर : क्यों क्या हुआ प्रभु जी ।

संत ज्ञानेश्वर महाराज : यह अमरूद का वृक्ष धीरे-धीरे सूख रहा है । अगर यह पूरी तरह से सूख गया तो पलसा में जितने भी जीव जंतु फंसे हैं । वह कभी भी वापस नहीं आ सकते ।

पोखर : लेकिन महाराज हम क्या कर सकते हैं । नहीं हम किसी को बता सकते हैं , नहीं किसी से कह सकते हैं । अगर किसी ने अनजाने में यह काम किया तभी यह काम सफल हो सकता है । हम खुद भी इसमें जल अर्पित नहीं कर सकते हैं ।

संत ज्ञानेश्वर महाराज : तुम जानते नहीं अगर यह वृक्ष धीरे-धीरे सूखता जाए तो पलसा में धीरे-धीरे स्वर्ग लोक भी सुख ता जाएगा , पलसा में भिषन आग लग जाएगा। फिर वहां इंसानों और जीवो के लिए कुछ आहार नहीं बचेगा । बिना आहार के वह सभी की जान भी जा सकती है । सभ कुछ जलकर राख हो जाएगा ।

पोखर : प्रभु तो होनी को कोई भी नहीं टाल सकता है । अभी पूरी तरह से वृक्ष नहीं सुखा है ।

संत ज्ञानेश्वर महाराज : अब हमें सिर्फ वक्त का इंतजार करना पड़ेगा । कोई तो होगा जरूर हमें इस संकट से मुक्त करेगा । हमें ही नहीं सृष्टि के जितने भी जीव है उनकी जान बच जाएगी ।

पोखर : प्रभु हमारे गायों को तो कुछ नहीं होगा ना ।

संत ज्ञानेश्वर महाराज : उन्हें कुछ नहीं होगा वो मेरी शरण में हैं । तुम ने कुछ खाने को दिया है या नहीं ।

पोखर : गायों को खाना मैंने दे दिया है प्रभु ।

संत ज्ञानेश्वर महाराज : शहरों में जाकर तुमने गरीब बच्चों को फल बाट दिए है या नहीं । अगर नहीं तो जाओ जल्दी उन्हें भूख लगी होगी ।

पोखर : में अभी जाने ही वाला था । तभी आपने मुझे याद कर वा दिया ।

संत ज्ञानेश्वर महाराज : जाओ जल्दी तब तक में कुटिया के बाहर बरामदे पर बैठता हूं ।

(पोखर के ठीक जाने के बाद । विवेक कुमार भगवान के दर्शन करने आये । विवेक कुमार ने देखा आज तो कोई भी उपस्थित नहीं था वहां पर । जैसे ही दर्शन करके निकल रहे थे तभी उन्होंने देखा पानी ना मिलने की वजह से अमरूद का पेड़ सूख रहा था ।)

विवेक कुमार पांडे : ये अमरूद का पेड़ पूरी तरह से सूख जाएगा अगर किसी ने पानी नहीं डाला तो । यहां के सारे पेड़ हरे भरे हैं सिर्फ एक ही अमरूद का पेड़ ही सूखा - सूखा सा लग रहा है । क्यों ना मैं इसमें पानी डाल दु जिससे यह पेड़ हरा भरा हो जाए ।

(लोटा में पानी लेकर उस पेड़ में डाल दिया । पानी डालने के बाद वह पेड़ तुरंत ही हरा भरा हो गया । वह पेड़ बहुत ही ज्यादा चमकने लगा । यह सब कुछ विष्णु भगवान (संत ज्ञानेश्वर महाराज) देख रहे थे ।)

संत ज्ञानेश्वर महाराज : तुमने आज बहुत ही विशाल और भव्य काम किया है । मैं तुमसे प्रसन्न हुआ ।

विवेक कुमार पांडे : लेकिन मैंने क्या किया जो आप मुझे कह रहे हैं कि मैंने विशाल काम किया ।

संत ज्ञानेश्वर महाराज : तुमने सृष्टि के जितने भी जीव थे उनको आजाद कर दिया है । अब एक और काम करो मैं तुम्हें एक अस्त्र देता हूं। उस अस्त्र से एक राक्षस को खत्म करना है । वरना वो फिर से बिचारे जीवो पर अत्याचार करेगा।

विवेक कुमार पांडे : महाराज जी मुझे कुछ समझ नहीं आ रहा है । कैसा राक्षस ,कैसा अस्त्र और कैसा अत्याचार मुझे आप इसके बारे में कुछ बताएं ।

संत ज्ञानेश्वर महाराज : वंश वह बात बताने के लिए अभी उचित समय नहीं है । अगर मैं बताने बैठा तो वो राक्षस फिर से तांडव करने लगेगा उससे पहले तुम्हें उसका अंत करना पड़ेगा।

विवेक कुमार पांडे : मुझे कुछ भी पता नहीं चल रहा है आप क्या कहना चाह रहे हैं ।

संत ज्ञानेश्वर महाराज : यह जो तुम्हारे सामने चमकता हुआ वृक्ष दिख रहा है । उसके अंदर प्रवेश हो जाओ ये लो अस्त्र उसे मृत्यु दंड देने के लिए । तुम्हें जाकर सिर्फ उसके सिर पर यह अस्त्र से प्रहार करना है ।

विवेक कुमार पांडे : आप जैसा कहें , में इस वृक्ष के अंदर प्रवेश करके उस राक्षस को खत्म कर आऊंगा । आज्ञा दे मुझे ।

संत ज्ञानेश्वर महाराज : जाओ वंश आज्ञा है । विजय प्राप्त करके आना । याद रहे उस राक्षस को मारने के बाद तुरंत वापस आ जाना।

(चलते हैं पलसा की तरफ़)

तारखी : देखो आग बुझ गया है । चलो बाहर चलते हैं सभी ।

ढिभन : वो देखिए वह वृक्ष कितना चमक रहा है । चलिए उसके पास चलते हैं । कुछ दरवाजा जैसा दिख रहा है लगता है यहां से निकलने का रास्ता मिल गया है ।

तारखी : हां तुम सही कह रही हो । लगता है यहां से निकलने का रास्ता मिल गया है । यह सब भगवान की कृपा है । चलो सभी जल्दी वरना यह दरवाजा फिर से गायब हो जाएगा तो हम इधर ही कैद रहेंगे ।

विधाना : हां चलिए जल्दी चलिए ।

(सभी वहां से निकल जाते हैं । वह राक्षस पलसा के सभी पेड़ों को उखाड़ के उसे नष्ट कर रहा था । विवेक कुमार पलसा में प्रवेश हुए। राक्षस बहुत ही गुस्से में था।)

राक्षस : में उस बाबा को नहीं छोडुंगा । उसने मेरे साथ गलत किया ।

विवेक कुमार पांडे : इधर देख राक्षस तेरा बाप आया है ।

राक्षस : अच्छा तो तुमने मुझे कैद करके इस जगह पर रखा था । अब में तुम्हें नहीं छोडुंगा ।

विवेक कुमार पांडे : क्यों बच्चों की तरह जिद कर रहा है । तू पागल है क्या देख में 21वीं सदी का इंसान हू और तू 17 वे सदी का राक्षस । ज्यादा अब उछल मत देख अपने आप को तु सिर्फ जीव - जंतु को खाता होगा लेकिन में सिर्फ राक्षस खाता हुं। आज तेरी बारी है।

राक्षस : तुझे तो मैं अभी बताता हू रुक जा जरा ।

विवेक कुमार पांडे : चल पकड़म पकड़ाई खेलते हैं पहले तु मुझे पकड़ फिर मैं तुझे पकड़ुगा । अच्छा मुझे एक बात बताओ तुम्हें कुछ काम धंधा नहीं है सिर्फ जानवर को ही खाते रहते हो।

राक्षस : मैं राक्षस नहीं हूं। मैं एक राजा हूं।

विवेक कुमार पांडे : राजा होकर ये सभ काम कर रहे हो । शर्म नहीं आती तुम्हें ये घिनोंना काम करके। खाना ही है तो पिज्जा खाओ, बर्गर, मंचुरियन, पटेल की पांव भाजी खाओ।

राक्षस : तुम क्या बोल रहे हो मुझे कुछ भी समझ नहीं आ रहा है ।

विवेक कुमार पांडे : अरे रे मैं तो भुल ही गया ये सब कुछ 21वीं सदी में मिलता है । तुम्हें कहां यह सब नसीब होने वाला है । तुम सिर्फ जीव हत्या करो ।

राक्षस : मेरी मजबूरी थी मैंने क्रोध में आकर यह सब काम किया ।

विवेक कुमार पांडे : सही में यार एक बार तुमने पांव भाजी खाई होती तो तुम कहते हैं मुझे वाह क्या स्वादिष्ट खाना है । नहीं तो एक काम करते हैं तुम मेरे साथ मेरे घर चलो मैं तुम्हें पांव भाजी खिलाता हूं चलोगे । कहां तुम्हें पांव भाजी अच्छा लगेगा तुम सिर्फ जानवरों को मारते रहो ।

(तभी द्वार की तरफ से आवाज आने लगी । संत ज्ञानेश्वर महाराज जी ने कहां वंश उसे मत मारना उसे बाहर लेकर आओ ।)

विवेक कुमार पांडे : मैंने तुझे कैद नहीं रखा था । जिसने तुझे कैद दे रखा था वही तुझे बुला रहा है चल बाहर ।

राक्षस : नहीं तुम झुठ बोल रहे हो ।

विवेक कुमार पांडे : अब चलेगा की नाटक करेगा वरना इधर ही सड मैं तो चला ।

राक्षस : रुको मैं चलता हूं ।

(पलसा से बाहर निकलने के बाद । पलसा का द्वार बंद हो गया । उस राक्षस को यह पता लग गया था की भगवान विष्णु साधु के भेष में खड़े हैं ।)

राक्षस : प्रणाम प्रभु ।

संत ज्ञानेश्वर महाराज : आयुष्मान भव ।

विवेक कुमार पांडे : अभी तो बहुत कह रहा था कि मैं उस बाबा को नहीं छोडूंगा और इधर आकर बाबा जी को प्रणाम कर रहा है। बहुत तेज बन रहा तु।

संत ज्ञानेश्वर महाराज : जाओ तुम आज से तुम एक भी जानवरों को ठेस नहीं पहुंचाओगे। शुद्ध एवं शाकाहारी भोजन करोगे। वचन दो मुझे ।

राक्षस : मैं आपको वचन देता हूं प्रभु, मैं कभी भी जानवरों को तकलीफ नहीं पहुंचाऊंगा। बल्कि में जानवरों के प्रति बहुत स्नेह और लगाव रखूंगा।

संत ज्ञानेश्वर महाराज : अब तुम जा सकते हो।

राक्षस : जी प्रभु अब मैं चलता हूं।

(राक्षस स्वर्ग लोक की ओर प्रस्थान करता है)

संत ज्ञानेश्वर महाराज : वंश तुमने आज बहुत ही बहादुरी का काम किया है एवं कई जीवो का जीवन भी बचाया है तुमने।

विवेक कुमार पांडे : अब मुझे आप संक्षेप में बताइए।

संत ज्ञानेश्वर महाराज : एक राजा था उसने अपने मित्र को आमंत्रित किया था उसके मित्र ने उस राजा को कहा था मुझे हिरण का मांस खाना है लेकिन हिरण का मांस ना मिलने की वजह से राजा के मित्र ने राजा को खरी खोटी सुनाई पूरी सभा में उस राजा का अपमान किया। राजा के पास एक ऐसी शक्ति थी जिसका इस्तेमाल करके वह कुछ भी हासिल कर सकता था। तपस्या से प्रसन्न होकर विष्णु भगवान ने उसे यह वरदान दिया था।

वह क्रोधित में आकर सृष्टि के जितने भी जीने थे एवं आने वाले सदियों में जितने भी जीव उन सभी को उसने मांग लिया। एक-एक करके सभी जीवो को खाने लगा तभी वहां पर एक तपस्वी ऋषि ने उस राजा को देखा। उन्होंने कहा की तुम यह क्या कर रहे हो इन जीवो ने तुम्हारा क्या बिगाड़ा है जो इनको मार रहे हो। ऋषिवर क्रोधित होकर उस राजा को श्राप दे दिया। वह सभी जीव और वह राजा पलसा में कैद हो गए। वह राजा तो मर चुका था। आज उसकी आत्मा देवलोक में चली गई इसीलिए मैंने तुम्हें रोक दिया उसे मत मारना। वह श्राप देने वाला

ऋषि भी में ही हुं ।

(अंतरी, ढिभन , तारखी और विधाना कुछ समय बाद महाराज के सामने आए।)

ढिभन : महाराज जी प्रणाम ।

तारखी : महाराज जी प्रणाम ।

संत ज्ञानेश्वर महाराज : आयुष्मान भव । हो सके तो मुझे माफ कर देना क्योंकि मुझे नहीं पता था की उस समय तुम मुझसे मिलने के लिए आए थे । लेकिन मैंने तुम को कहा था तुम जल्द उस पलसा से बाहर निकल जाओगे ।

अब जाओ अपने परिवार वालों से मिल लो उनको बहुत ही चिंता हो रहा होगा । बिचारी विधाना कई वर्षों से उस वन में अकेली थी ।

विधाना : जी महाराज ।

संत ज्ञानेश्वर महाराज : तुम सभी को पता है तुम्हारे साथ कई अन्य जीव-जंतु भी आजाद हो गए । इंसान जीव पर जुर्म कर रहे थे इसीलिए सभी जीव जंतु कैद हो गए ।

तारखी : महाराज में तो जीव एवं जानवरों पर कभी जुर्म नहीं करता हूं । किसी को भी जुर्म नहीं करना चाहिए उन विचारों पर । उनकी भी एक जिंदगी होती है ।

संत ज्ञानेश्वर महाराज : जाओ वंश अपने-अपने घर तुम्हारे परिवार वाले तुम्हारा इंतजार कर रहे होंगे ।

तारखी : महाराज जी आप अपने घर जा रहे हैं ।

(भगवान विष्णु अपने अवतार में आ गए । साधु के शरीर से निकलकर वह प्रकट हो गए ।)

विवेक कुमार पांडे : प्रणाम विष्णु देव ।

तारखी : प्रणाम विष्णु देव ।

विष्णु भगवान : अब मेरा भी जाने का समय हो गया है । मैं तुम सभी को आशीर्वाद देता हूं सदा खुश रहो ।

(विष्णु भगवान अपने लोक चले गए । साथ ही शेषनाग भगवान विष्णु के साथ चले गए । सभी अपने अपने घर चले गए । तारखी के पिताजी का निधन हो चुका था ।)

विष्णु भगवान : (अपनी पत्नी से) संसार में अत्याचार बढ़ चुका है । जिसे देखो वह अपने में लगा हुआ है । मुझे जरा भी ठीक नहीं लगता अगर कोई मनुष्य कोई जीव की हत्या कर देते हैं तो ।

मनुष्य जीव को नहीं समझते हैं । उन्हें सिर्फ अपनी चिंता है । उन्हें सिर्फ अपनों के प्रति मोह और प्यार है । हमें कभी भी जीव हत्या नहीं करना चाहिए । जीव हत्या करना एक बहुत बड़ा पाप होता है ।

धरती माता : स्वामी जो जैसा कर्म करेगा वह वैसा ही फल पाएगा। धीरे-धीरे सभी इंसान राक्षस बनते जा रहे हैं । इन्हें जीव की हत्या करने में दया नहीं आती है। स्वामी आप सृष्टि पर जितने भी जीव जंतु एवं जानवर उन सभी को अपने स्वर्ग लोक में भेज देते हैं । वह वहां पर सुरक्षित रहेंगे और अपनी जिंदगी जी सकते हैं ।

विष्णु भगवान : यह कलयुग है। यहां के मनुष्य विचित्र है । मनुष्य की विचित्रता कोई नहीं समझ सकता ।

एक दिन इस दुनिया पर प्रलय आएगा । विनाश की घड़ी निश्चित है । मैं भी प्रण लेता हूं अगर कोई भी मनुष्य किसी भी जीव की हत्या करें । उसकी सजा वह खुद भूगदेगा ।

जैसा चल रहा है वैसा चलने दो ।

धरती माता : अब मुझे लगने लगा है। इस संसार में कोई भी सफल व्यक्ति नहीं बनना चाहता हैं ।

विष्णु भगवान : अच्छे वक्त का इंतजार नहीं करना चाहिए।

सफल व्यक्ति की पहचान होती है वह कभी भी अपने अच्छे वक्त का इंतजार नहीं करते हैं। उन्हें जो काम करना है वह तभी करते हैं और किसी के भरोसे नहीं बैठते हैं।

धरती माता : स्वामी वह ऋषिकेश कहां पर हैं उन्हें बुलाइए । वरना कैलाश नाथ क्रोधित होकर ब्रह्मांड का सर्वनाश कर देंगे ।

विष्णु भगवान : मैं उन्हें बुलाना ही वाला था ।

(संत ज्ञानेश्वर महाराज हाजिर हुए ।)

संत ज्ञानेश्वर महाराज : प्रभु की जय हो, धरती माता आपको मेरा प्रणाम।

विष्णु भगवान : आयुष्मान भव । आप जाकर स्वर्ग लोक की चाबी कैलाश नाथ को दे दीजिए । वरना वह क्रोधित हुए पूरा संसार का सर्वनाश निश्चित है ।

संत ज्ञानेश्वर महाराज : जी जी प्रभु मैं उन्हें स्वर्ग लोक की चाबी देकर आता हूं ।

शंकर भगवान : तुम्हें आने की जरूरत नहीं है । मैं स्वयं तुम्हारे सामने प्रकट हो चुका हूं । तुमने पलसा सभी जीवो को आजाद क्यों कर वाया ।

संत ज्ञानेश्वर महाराज : प्रभु मैं अब आपको क्या बताऊं संसार में जींव की जरूरत है इसीलिए मैंने पलसा से सभी जीवो को आजाद करवा दिया ।

शंकर भगवान : इंसानों को कैसी जरूरत है वह बिना जीव के रह सकते हैं । जब काम पड़ता है तब उन्हें वह मासूम जीव याद आते हैं और जब काम नहीं पड़ता तब उनकी हत्या कर देते हैं । (क्रोध से)

विष्णु भगवान : हे प्रभु क्रोध ना करें । मैं आपकी बात से सहमत हूं ।

शंकर भगवान : जाओ उस स्वर्ग लोक का द्वार फिर से खोल दो और वापस से संसार में जितने भी जीव हैं उन्हें स्वर्ग लोक में भेज दो । वहीं पर वह सुकून की जिंदगी जी सकते हैं ।

संत ज्ञानेश्वर महाराज : प्रभु क्रोधित मत होइए । अब उन बिचारे जीवो को इस धरती पर रहने दीजिए । कोई भी इंसान की हत्या नहीं करेगा ।

शंकर भगवान : तुम जा रहे हो द्वार खोलने या फिर मैं खुद द्वार खोल दूं जाकर । उस राजा को धरती पर भेज दो ताकि वह दरिंदों का संघार करके धरती को मुक्त कर सकें ।

विष्णु भगवान : है कैलाश नाथ । एक तरह से देखा जाए तो जीव हत्या एक पाप है लेकिन इंसानों में अभिमान का घड़ा भरता जा रहा है । उन्हें वहीं पर छोड़ दे जब पाप का घड़ा भर जाए तो सर्व नाश निश्चित है ।

शंकर भगवान : कोई बात नहीं। जैसा चल रहा है वैसा चलने दें ।

2

क्या था पलसा की कहानी

- **क्या था पलसा की कहानी**

[क्या था पलसा की कहानी । कोई नहीं जानता है इसके बारे में । आज विस्तार से जानेंगे.

17वीं सदी की बात है । जब एक महान राजा ने तपस्या कर भगवान विष्णु का दिल जीत लिया था । भगवान विष्णु प्रकट हुए और उस राजा को पूछा हे राजन तुम्हें क्या चाहिए। राजा ने एक वरदान मांगा। मुझे भी जो भी चाहिए में ले सकता हूं। भगवान ने उसे वरदान दे दिया और कहा तुम्हें जो भी चाहिए तुम एक ही समय पर मांग सकते हो लेकिन याद रखना तुम जो भी मांगोगे वह साधारण रूप में तुम्हें नहीं मिलेगा विशाल रूप में प्राप्त होगा। उदाहरण के तौर पे में तुम्हें बता देता हूं । मान लो तुमने सेब मांगा तो इस दुनिया में जीतने भी सेब होंगे वह सभ तुम्हें प्राप्त हो जाएगा । राजा ने कहा ठीक है देव। राजा खाना - खाने के बहुत शौकीन थे ।

उनके लिए हर रोज नए - नए पकवान बनते थे । एक दिन राजा ने अपने मित्र को आमंत्रित किया । राजा के मित्र ने उन्हें हिरण का मांस

खाने के लिए कहा। राजा ने उन्हें बुलाया और अपने सैनिकों को कह दिया जाओ हिरण का शिकार करके लेकर आओ । सैनिकों जंगल में एक भी हिरण नहीं मिल पाया उन्होंने जाकर राजा को बताया। हम शिकार करने गए थे लेकिन हमें एक भी हिरण नहीं मिला । राजा सैनिकों पर क्रोधित हुए और कहने लगे जाओ कहीं से भी हिरण का शिकार करके लेकर आओ।

अगर हिरण नहीं मिला तो तुम सभी की जिंदगी खत्म कर दुंगा । राजा के मित्र प्रजा में प्रवेश किए , राजा ने बहुत ही श्रद्धा से अपने मित्र का स्वागत किया । राजा ने अपने मित्र को कहा चलों मित्र पहले भोजन कर लेते हैं । 100 से ज्यादा पकवान एवम् शाही खाना बनवाया था राजा ने । जब उनके मित्र ने पूछा कहां पर है हिरण का मांस , राजा हिचकीचाते कहने लगा देखो मित्र मैंने अपने सारी प्रजा के सैनिकों को भेजा लेकिन एक भी हिरण नहीं मिल सके। हो सके तो मुझे माफ कर देना । राजा के मित्र आग बबूले हो गए मेहमान को बुलाकर तुमने घोर अपमान किया है । पूरी प्रजा के सामने राजा का अपमान किया और वहां से उनके मित्र चले गए ।

राजा को यह अपमान अंदर से चुभने लगा । उसने एक दिन में अपने प्रजा का सर्व नाश कर जंगल की तरफ़ चला गया। क्रोध में आकर उसने दुनिया के जीतने भी जीव थे। सभी को मांग लिया। एक - एक करके वह सभी जीवों को खाने लगा। तभी एक एक महर्षि जा रहे थे वह उस राजा को देखकर आश्चर्य चकित हो गए । महर्षि कहने लगे हे राजन आप इन जीवों को क्यों खा रहे हैं। राजा बोला चले जाओ वरना तुम्हें भी खा जाऊंगा । महर्षि क्रोधित होकर ब्रह्मास्त्र से उस राजा को खत्म कर दिया लेकिन वह अब यह सोचने लगे यह सभी जीव यहां से कैसे मुक्त होंगे ।

यह एक काल्पनिक कहानी है जिसे विवेक कुमार पांडे ने रचा है । इस किताब को लिखने के दौरान कोई भी धर्म या जाति ,समाज एवं संस्कृति को ठेस नहीं पहुंचाया गया है । यह एक रचिता कहानी है ।

हम सभी को क़िताबें तो पढ़नी ही चाहिए। आज मेरे पिताजी मेरे साथ होते तो उन्हें बहुत खुशी होती। इसका सारा श्रेय मेरे पिताजी को जाता है। वो मुझे हमेशा प्रेरणा देते थे। वो जहां भी सदा मेरे हृदय में स्थित रहेंगे।

आप सभी अपना प्यार मुझ पर बरसाते रहिएगा । मैं ऐसे ही मजेदार कहानियां लेकर आपके सामने पेश करूंगा। धन्यवाद

9 798887 725710

Printed by Libri Plureos GmbH in Hamburg, Germany